REI LEAR
em cordel

Copyright ©2014 by Marco Haurélio
Amarilys é um selo editorial Manole.

Este livro contempla as regras do Acordo Ortográfico da
Língua Portuguesa de 1990, que entrou em vigor no Brasil

Editor-gestor: Walter Luiz Coutinho
Editor: Enrico Giglio
Ilustrações: Jô Oliveira
Projeto gráfico: Daniel Justi

Dados Internacionais de Catalogação na Publicação (CIP)
(Câmara Brasileira do Livro, SP, Brasil)

Haurélio, Marco
   Rei Lear em cordel /
Marco Haurélio / ilustrações Jô Oliveira. –
Barueri, SP : Amarilys, 2014. –
(Coleção Shakespeare em cordel)

   ISBN 978-85-204-3818-3

   1. Cordel - Literatura infantojuvenil
2. Shakespeare, William, 1564-1616
I. Oliveira, Jô. II. Título. III. Série..

14-06784   CDD-028.5

Índices para catálogo sistemático:
1. Cordel : Literatura infantil 028.5
2. Cordel : Literatura infantojuvenil 028.5

1ª edição – 2014

Editora Manole Ltda.
Avenida Ceci, 672 – Tamboré
06460-120 – Barueri – SP – Brasil
Tel.: (11) 4196-6000 – Fax: (11) 4196-6021
www.manole.com.br | www.amarilyseditora.com.br
info@amarilyseditora.com.br

Impresso no Brasil
Printed in Brazil

MARCO HAURÉLIO

REI LEAR
em cordel

Ilustrações de JÔ OLIVEIRA

Amarilys

APRESENTAÇÃO

Entre a história e a lenda

O drama do rei que, já na idade madura, sofre as consequências trágicas de uma ação imprudente, rendeu uma das mais celebradas peças de William Skakespeare, *Rei Lear*. Antes de figurar no bloco de tragédias do dramaturgo inglês, o tema já havia sido aproveitado em outras obras, a exemplo da *Historia regum britaniae* (História dos reis da Bretanha), do galês Godofredo de Monmouth, datada de 1147, e da *Gesta romanorum*, coletânea de contos e anedotas do século XIII. Nesta última, o imperador romano Teodósio é personagem de uma trama semelhante à concebida por Shakespeare. Na tradição oral brasileira, inclusive, há contos do "ciclo do Rei Lear", a exemplo de "O rei Andrada", publicado em 1885 nos *Contos populares do Brasil*, de Sílvio Romero.

Na obra de Shakespeare, o velho tema folclórico recebe um tratamento grandioso. Lear, o octogenário rei da Bretanha, resolve testar as três filhas, Goneril, Regane e Cordélia, com o objetivo de descobrir qual delas o ama mais. Às lisonjas das duas irmãs, Cordélia responde que o ama do tanto que uma filha deve amar a seu pai. Nem mais nem menos. É deserdada pelo velho monarca, sendo depois desposada pelo rei da França, que se encontrava na corte bretã por ocasião do fatídico episódio. Paralelamente, a peça trata do drama do velho conde de Gloster, que, depois de banir seu filho Edgar, vítima de uma falsa acusação, sucumbe à ambição de outro filho, Edmundo, personagem malévolo, cujo destino está entrelaçado ao das filhas ingratas de Lear.

Da peça para o cordel

Autor acostumado a trabalhar com temas oriundos da cultura popular, é possível que Shakespeare não estranhasse a recriação de sua memorável peça em cordel. A adaptação preserva os pontos essenciais do texto original, aqui retrabalhado em sextilhas (estrofes de seis versos), que dão conta dos personagens mais importantes, sem abrir mão do ritmo característico da poesia popular:

Na terra onde o bem floresce
Logo a maldade se assanha,
Como na presente história
Em que a lisonja e a manha
Causaram a derrocada
De um grande rei da Bretanha.

Para dar voz ao bobo, personagem que funciona na trama como uma espécie de consciência do rei destronado, e que procura atenuar-lhe o desespero com improvisos e brincadeiras, foi usada, de forma inusitada, outra modalidade da poesia popular, o martelo agalopado[1]. O recurso aproxima o bobo — que, diga-se de passagem, era uma espécie de menestrel, com sua filosofia de vida simples, mas de sabedoria profunda — do repentista nordestino, herdeiro dos trovadores e cantores populares da Idade Média:

Sei que um carro não pode ir adiante
Dos cavalos, pois não é natural.
Por lisonjas, cedeste para o mal,
E quem amas agora está distante.
Se vivias num trono de brilhante,
Hoje até as migalhas são negadas,
Elogios tornados caçoadas
São o prêmio da tua insensatez,
Tua luz converteu-se em palidez,
Tuas glórias te foram confiscadas.

Com nova roupagem, descobrimos que as lições da história que vamos ler, mesmo com a grande distância no tempo e no espaço, são válidas para os dias de hoje, em que não desapareceram a ingratidão e a ganância. A leitura do cordel também é um convite a conhecer — ou revisitar, para os que já leram — a tragédia de Shakespeare, adaptada algumas vezes para o cinema, a exemplo da produção japonesa *Ran*, filmada em 1985 por Akira Kurosawa. Ambientado no Japão medieval e protagonizado por um senhor feudal que divide o seu trono entre os três filhos (de acordo com a tradição patriarcal do país), excluindo depois o caçula, por sua sinceridade, o filme comprova a universalidade do tema, já antigo em 1605, data de sua provável redação por William Shakespeare.

Marco Haurélio

---

1   Composto de dez versos, com a sílaba tônica caindo sempre na terceira, sexta e décima sílabas, o martelo é um dos gêneros mais cantados pelos repentistas nordestinos.

REI LEAR
EM CORDEL

Na terra onde o bem floresce
Logo a maldade se assanha,
Como na presente história
Em que a lisonja e a manha
Causaram a derrocada
De um grande rei da Bretanha.

Este rei se chamou Lear
E, já na idade madura,
Quis testar suas três filhas,
Sem achar que fez loucura,
Mergulhando a sua terra
Nas águas da desventura.

Sua filha primogênita
Chamava-se Goneril
A do meio era Regane,
Ser hipócrita de alma vil;
A caçula era Cordélia,
Um anjo meigo e gentil.

Com o bom duque de Albânia
Goneril era casada,
Já Regane desposara
Uma alma atormentada,
O duque de Cornualha,
De conduta reprovada.

Na corte, naqueles dias,
Dois estrangeiros pousavam:
O rei da França e o duque
De Borgonha lá estavam
Para cortejar Cordélia,
A quem diziam que amavam.

Com mais de oitenta janeiros,
Vendo o fim se aproximar,
Lear chamou as três filhas
Para se certificar
Qual delas o amava mais —
Para este amor premiar.

— Meu pai — disse Goneril —
Afirmo, com voz sentida:
Meu amor é mais que a luz,
É força desconhecida,
Mais belo que a liberdade
E bem maior do que a vida.

Regane então foi chamada
E disse com falsidade:
— Tudo o que minha irmã disse
É a mais pura verdade,
Mas eu o amo ainda mais,
Saiba Vossa Majestade.

Cordélia, também chamada
Para mostrar gratidão,
Vendo a distância que havia
Da boca pra o coração
Nas palavras das irmãs,
Disse sem bajulação:

— Meu pai, pergunta se o amo
E a resposta agora vai.
Não é a falsa lisonja
Que da minha boca sai:
Amo do tanto que deve
Uma filha amar um pai.

Por ser ela a favorita,
O rei ficou indeciso
E disse: — Reconsidere
Esse seu falso juízo,
Pois ele acarretará
Em um grande prejuízo.

Mas Cordélia não voltou
E, sem medo, disse mais:
— Os filhos não poderão
Amar tão somente os pais,
Pois sonegarão afeto
Nas uniões conjugais.

O velho rei, quando ouviu
Falar assim sua filha,
Bradou: — As suas irmãs,
Por seguirem minha trilha,
São herdeiras do meu trono,
Pois está feita a partilha.

Kent, um nobre conselheiro,
Que a cena presenciara,
Disse ao rei: — O senhor vai
Perder a joia mais rara,
Que o ama, mas, por ser justa,
O seu amor não declara.

— Cuidado, Kent ! — bradou
O rei com impaciência.
Mas este disse: — Senhor,
Agora esqueço a prudência,
Para somente falar
Em nome da consciência.

O poder não pode nunca
Ser à lisonja servil,
Pois ele assim se apequena
Ante um sentimento vil,
Mesquinho, que faz da honra
Um adversário hostil.

Rei Lear, com ódio, disse:
— Você merecia a morte,
Pois o poder ofendido
Na erva ruim faz corte,
Mas, por tudo o que já fez,
Considere-se com sorte.

Dou-lhe cinco dias para
Este reino abandonar,
Porém se, no sexto dia,
Aqui ainda se achar,
Da morte no cadafalso
Ninguém o pode livrar.

Kent partiu arrasado,
Invocando a proteção
Dos deuses para Cordélia,
Triste com a ingratidão
Do rei a quem a idade
Não trouxe a luz da razão.

Após deserdar Cordélia,
Por nela só ver peçonha,
Lear insta o rei da França
Com o duque de Borgonha
Se queriam por esposa
A causa de tal vergonha.

Sem o dote que herdaria,
O duque respondeu: — Não... —
Mas o rei da França, firme,
Disse: — Quero sua mão,
Pois o seu caráter vale
Bem mais que qualquer nação.

Antes de partir, Cordélia
Disse às irmãs: — Eu espero
Que honrem as suas promessas,
Nada mais que isso quero. —
Mas as duas responderam,
De modo muito severo.

Disseram-lhe que sabiam
Como cumprir seu dever,
Que fosse embora pra França,
Feliz por um rei a ter
Desposado unicamente
Por dó de seu padecer.

Sem disfarçar a angústia,
Cordélia foi para a França,
E seu pai, que agira mal
Por não ter desconfiança,
Verá brevemente o fim
Dos seus dias de bonança.

O nobre conde de Gloster,
Que no palácio se achava,
Aquela cena inditosa,
Tristonho testemunhava,
Pois com a sina do rei
Seu destino se cruzava.

Ao dividir entre as filhas
A sua imensa riqueza,
Rei Lear manteve apenas
O título da realeza,
Além de um séquito fiel
De cem filhos da nobreza.

Passou o primeiro mês
Na casa de Goneril,
Mas, já nos primeiros dias,
De modo nada sutil,
A megera revelou-se
Como a serpente mais vil.

A princípio ela tratou
O pai com indiferença,
Em seguida, carcomida
Pela terrível doença,
Chamada inveja, pagou
Com o mal a recompensa.

Quando este ia dirigir-lhe
A palavra, ela fingia
Um ligeiro mal-estar,
E bem depressa saía;
Lear notou a mudança,
Porém, não a admitia.

Até mesmo os serviçais,
Que o tratavam muito bem,
Quando abriu mão das riquezas,
Olharam-no com desdém,
Pois para os gananciosos
Só vale aquele que tem.

Mas nem todo mundo é
Movido pela ambição.
E na corte apareceu
Um honesto cidadão,
Que ofereceu ao rei Lear
A sua dedicação.

Era Caio, uma alma nobre,
Rara como diamante,
Que, vendo o velho tratado
De forma tão ultrajante,
Resolveu acompanhá-lo
Em seu declínio constante.

Uma vez testemunhou,
E por isso quase chora,
O mordomo Osvaldo ao rei
Dizer como quem deplora:
— Aqui você é somente
O pai da minha senhora!

— O pai da sua senhora?
Sou seu senhor, desgraçado! —
Dirigia-se ao mordomo
O velho rei insultado,
Porém o servo sorria,
Sem se mostrar alterado.

Caio, porém, se zangou
Com tanta malcriação,
E premiou com um soco
O mordomo folgazão,
E, à base de pontapés,
Expulsou-o do salão.

O rei sorriu por saber
Que inda havia lealdade,
E não perdera de todo
Sua antiga majestade,
Porém se arrependeria
Se descobrisse a verdade.

Pois, sob disfarce, Caio
Era o bom conde de Kent,
Destituído das posses,
Acusado de insolente,
Mas nem por isso deixou
De ser honesto e decente.

E além do bondoso Caio,
Outro parceiro fiel
Era o seu bobo da corte,
Que, ante o destino cruel,
Ajudará o seu rei,
Cumprindo um belo papel.

Às vezes com pantomimas
E outras tantas com tristeza,
Em cantigas embalava
O rei, mesmo na certeza
De que só restara apenas
Vestígios da realeza:

— Meu bom rei, foste atraído
Para a caverna do lobo;
Ouviste o canto fingido
Renegaste o canto probo.
Eu, de bobo, vejo tudo,
E tu, rei, foste tão bobo.

E outra feita ele cantou
No seu verso improvisado:
— Houve uma vez um pardal
Aos cucos tão devotado,
Que, quando os alimentava,
Foi por eles devorado.

Sei que um carro não pode ir adiante
Dos cavalos, pois não é natural.
Por lisonjas, cedeste para o mal,
E quem amas agora está distante.
Se vivias num trono de brilhante,
Hoje até as migalhas são negadas,
Elogios tornados caçoadas
São o prêmio da tua insensatez,
Tua luz converteu-se em palidez,
Tuas glórias lhe foram confiscadas.

Goneril, que ouviu aquilo,
Disse: — Cuidado, vilão!
Se não quiser ir ao tronco,
Não se meta em tal questão. —
Mas o bobo se safava,
Fingindo não ter razão.

Com o pai rosnou zangada:
— Estes seus cem cavaleiros
Só dão despesas e gastos,
São biltres, arruaceiros.
Despeça-os, pois não precisa
Gastar com tais embusteiros.

Ainda disse que o pai
Deveria conservar
Somente criados velhos
E dos demais se livrar.
Lear escutava tudo,
Sem querer acreditar.

E, num acesso de raiva,
Disse: — Abutre detestável!
Vejo que quando fui rei
Era o maior miserável,
Pois premiei o veneno
E puni o venerável.

Encilhem já meus cavalos,
Pois partirei pressuroso
Deixando pra todo sempre
Este antro tenebroso,
Para viver com Regane
Um futuro mais ditoso.

Albânia, que entrou depois,
Tentou se justificar,
Mostrando que da esposa
Começava a discordar,
Mas o rei, muito ferido,
Já não podia escutar.

Escreveu logo uma carta
E por Caio a despachou
Pra ser entregue a Regane,
Mas quando ele lá chegou,
O seu antigo inimigo,
O vil Osvaldo, encontrou.

Era o castelo de Gloster,
Onde a megera pousara
Com seu marido, um patife,
E quando Caio chegara,
Vendo o mordomo fingido,
Quis logo quebrar-lhe a cara.

Já irritado o chamou
Para bater-se em duelo,
Mas Regane, que viu tudo,
De modo pouco singelo,
Ordenou contra o bom homem
Um detestável flagelo.

E o servo humilde que, um dia,
Foi homem de posição,
Levado ao cepo sofreu
Por sua dedicação
A um pai vilipendiado
Por filhas sem coração.

Lear, que chegou mais tarde,
Teve grande inquietude
Quando viu seu pobre servo
Tratado de forma rude
Pela filha que julgava
Ter um mínimo de virtude.

— Que faz aí, meu bom Caio?
— Senhor, eu fui aviltado
Por sua filha Regane
E aquele torpe criado.
Por ser o seu emissário
Fui ao cepo condenado.

Veio ao encontro de Lear,
O vassalo de respeito,
O nobre conde de Gloster,
Com semblante contrafeito,
Por ver um servo do rei
Tratado daquele jeito.

Lear perguntou, então,
Se a filha o podia ver
E Gloster respondeu logo
Que mandara alguém dizer
A Regane sobre o pai,
Mas ela não quis descer.

Mas tal foi a insistência
Que ela se viu obrigada
A vir receber o pai,
Com a cara enfarruscada,
Ao lado do seu marido,
Outra doninha assanhada.

E, para maior tristeza,
O duque de Cornualha
Veio com Regane junto
Da mais odiosa gralha,
Goneril, que lá se achava
Para pôr fim à batalha.

Lear, fitando a malvada,
Perguntou: — Não se envergonha
De ofender-me as barbas brancas
Da maneira mais bisonha? —
Mas Regane o rebateu,
Com mais veneno e peçonha:

— Meu pai, implore depressa
De Goneril o perdão,
Pois o senhor está velho,
Já fraquejando a razão
E precisa de um apoio
Que lhe sirva de bastão.

Dos cem cavaleiros, corte
Cinquenta, sem hesitar. —
Quando Lear ouviu isso,
Sua voz quis embargar,
Mas, mesmo assim, disse: — Filha,
Isso eu não posso aceitar.

Vou ficar junto a você,
Com os meus nobres leais. —
Mas Regane retrucou:
 — Cinquenta eu acho demais.
Vinte e cinco são bastante —
Nem um cavaleiro a mais!

— Sendo assim — o rei falou
Com o coração magoado —,
Volto para Goneril,
Deixando o orgulho de lado,
Pois ao menos com cinquenta,
De tudo não sou privado.

— E quem disse que concordo
Com cinquenta, dez ou cinco? —
Disse Goneril zombando
Do seu pai, fechando o trinco
Da sensatez e deixando
O mal agir com afinco.

Por fim, Lear, percebendo
Que ali não era bem-vindo,
Disse: — Evitarei o pranto,
Mesmo o coração pedindo,
Com a loucura à espreita,
Vou desta casa saindo.

Gloster tentou impedir,
Mas seu esforço foi pouco,
E as duas feras rosnaram:
— O nosso pai está louco. —
Já que eram feitas do mesmo
Metal corrompido e oco.

A noite veio e com ela
Uma horrível tempestade.
Todos foram para casa,
E sem hospitalidade,
Cerraram as portas ao rei
Que perdera a majestade.

O rei e o bobo sentiam
A fúria dos elementos:
Chuva, trovões e relâmpagos,
O uivo dos fortes ventos,
Que para o velho não eram
O maior dentre os tormentos.

O rei, já debilitado
Por tantas decepções,
Erguia o punho gritando
À chuva, aos raios, trovões,
Que tragassem para sempre
Essa terra de ilusões.

— Ronca, vento! Escarra, fogo!
Meus filhos vocês não são.
Por isso não os acuso.
Cobre, ó chuva, todo o chão,
Extinguindo o homem, esse
Animal sem gratidão!

Libertado, lá chegava
O leal conde de Kent
Dizendo: — Senhor, busquemos
Um abrigo resistente,
Pois até os bichos fogem
Da borrasca impenitente.

Lear, sem reconhecê-lo,
Tratou-o com rispidez,
E disse: — A borrasca na alma
Turvou minha lucidez,
Essa outra não fustiga,
Mal algum ela me fez.

Kent, disfarçado em Caio,
Ainda pôde encontrar
Uma choupana perdida,
Mas o rei não quis entrar.
Foi difícil ao leal súdito
A sua ideia mudar.

O bobo primeiro entrou
E voltou apavorado.
Disse que vira um fantasma
No casebre abandonado,
Porém o espectro era
Um mendigo desprezado.

Lear, vendo aquele pobre,
Dele sentiu compaixão,
Imaginando que fosse
Um pai sem muita noção
Que distribuiu seus bens
A filhas sem coração.

Nesse ponto, leitor, cabe
Uma breve explicação:
Aquele mendigo era
Um jovem de posição,
Que também fora envolvido
Nos laços da traição.

Ele é o jovem Edgar,
Filho de Gloster e herdeiro.
Seu meio-irmão Edmundo,
Covarde, vil, embusteiro,
Manchou-lhe a reputação
De um modo muito rasteiro.

Escreveu ele uma carta
Imitando-lhe a grafia.
Nela uma conspiração
Por Edgar se urdia
Para dar cabo de Gloster,
O qual de nada sabia.

Edgar, denunciado
Por Edmundo, fugiu.
Para não perder a vida,
Com andrajos se cobriu
E o nome de Pobre Tom
Por segurança assumiu.

Naquele exato momento
Mais uma alma ali chegava:
Era Gloster, que havia horas,
Pelo rei Lear buscava,
Para ver se estava bem,
Pois isso o inquietava.

Depois pediu para Caio
Para sempre vigiá-lo,
Nem precisava pedir,
Pois este fiel vassalo
Punha em risco a própria vida
Somente para ajudá-lo.

No outro dia cedo, Caio
Saiu com todo cuidado,
Com uns súditos fiéis
Ao velho rei destronado,
Para o castelo de Dover,
Possessão de um aliado.

Depois embarcou pra França,
Onde Cordélia se achava.
Na corte, encontrou a jovem,
Que com isso se alegrava,
Mas a notícia trazida
Sua alegria turvava.

Ao saber que seu pai fora
Banido pelas irmãs,
Que não tiveram respeito
Nem mesmo por suas cãs,
A jovem chora pensando
Nas ilusões, coisas vãs.

E logo pede ao marido
Licença para embarcar
Com um exército à Bretanha
Para as irmãs derrotar,
E ao velho pai ofendido
O seu trono restaurar.

Com o aval de seu marido,
Cordélia vai à Bretanha,
Mais precisamente a Dover,
Para combater a sanha
De Goneril e Regane,
Que ao povo não era estranha.

Voltando ao castelo, Gloster,
Por Cornualha acusado
De conspirar contra o reino,
Foi pelo duque aviltado,
Pois por Osvaldo já fora
De tudo bem informado.

O pobre homem chamado
De traidor e de ladrão,
Por Regane foi tratado
Como alguém sem posição.
Tendo puxadas as barbas,
Foi logo jogado ao chão.

Edmundo olhava tudo
E com tudo concordava.
Que lhe poupassem a vida,
Seu pobre pai implorava,
Mas Cornualha, impassível,
Um grande mal planejava:

Gritou: — Amarrem bem firme
Esta raposa rapace
E arranquem-lhe os dois olhos
Dessa desprezível face! —
E o crime foi cometido,
Sem que ninguém contestasse.

Gloster cego percebeu
O quanto fora enganado,
Pois, por causa de Edmundo,
Edgar, seu filho amado,
Foi obrigado a fugir
Pra não ser executado.

E expulso da própria casa,
Foi guiado pelo som
Da floresta e por um velho,
Lembrando do filho bom,
Na hora em que foi chegando
Junto dele o Pobre Tom.

Edgar, vendo o seu pai
Em deplorável estado,
Quis gritar, mas controlou-se,
Pois estava disfarçado,
E agradeceu ao bom velho
Que ali o havia guiado.

O duque de Cornualha,
Depois da ação praticada,
Foi por um servo de Gloster
Ferido numa estocada.
Aquela fera homicida
Tombou a um golpe de espada.

Voltemos agora a Lear,
Que em Dover achara asilo,
Mesmo em boa companhia,
Não se sentia tranquilo,
E sua mente confusa
Não perdoava o vacilo.

E, como já demonstrasse
Muitos sinais de demência,
Saiu de Dover buscando,
Sem ter muita consciência,
Encontrar sua coroa
Perdida pela imprudência.

Então fez uma coroa
De murta, urtiga e capim.
E, errando pela floresta,
Naquele estranho pantim,
Foi encontrado por Tom
Que, vendo-o, falou assim:

— Meu Deus! Que cena terrível
De cortar o coração! —
O rei, porém não ouvia,
Porque perdera a razão.
Só repetia sandices,
Aquele pobre ancião.

Gloster, guiado por Tom,
Quis beijar a mão do rei,
Porém este recusou,
Dizendo: — Não a limpei.
Está com cheiro de morte,
Portanto, aboli a lei.

Por ali também passava
Um distinto cavaleiro
Do séquito de sua filha,
Que viera do estrangeiro.
E este ao encontrar Lear
Sorriu todo prazenteiro.

E explicou para Edgar
Que Cordélia ali se achava.
Com o exército francês
E pelo pai procurava.
Com aquela boa nova
O moço alegre ficava.

O cavaleiro levou
Lear a Dover urgente
E lá chamou seu vassalo,
O fiel conde de Kent,
Que, nem preciso dizer,
Quase morre de contente.

Enquanto isso, Edgar
Viu um vulto se esgueirando.
Este, quando avistou Gloster,
Foi em seu rumo gritando:
— Prepare-se pra morrer,
Ó traidor miserando!

Mas Edgar, se interpondo,
De posse de seu bastão,
Disse: — Deixe o velho em paz! —
Mas o outro berrou: — Não! —
Depois da briga o estranho
Tombou ferido no chão.

Moribundo, ele falou:
— Já me despeço do mundo.
Escravo, esta bolsa é sua,
Mas só peço, ó vagabundo:
Entregue a carta que trago
Ao nobre conde Edmundo.

Aquele estranho era Osvaldo,
Criado de Goneril.
E, sem saber, Edgar,
Matando aquele imbecil,
Descobriu uma tramoia
Daquela serpente vil.

Revistando os bolsos dele,
Achou a correspondência.
Nela se lia: "Ó amado,
Perdoe a impaciência,
Mas preciso resolver
Meu problema com urgência.

Nas juras que nós fizemos,
Decidimos nossa sorte.
Quando encontrar esse homem
De quem ora sou consorte,
Liberte-me do suplicio
Premiando-o com a morte".

Mas voltemos ao rei Lear,
Porque, finda a tempestade,
Ele terá um momento
De rara felicidade
Ao lado da única filha
Que o amava de verdade.

E mesmo não se lembrando
Que, na sua insensatez,
Deserdara a sua filha,
Agora sem lucidez,
Olhava para Cordélia,
Esposa do rei francês.

Queria se ajoelhar
Implorando seu perdão,
Porém depois hesitava
Se era Cordélia ou não.
A cena, para quem viu,
Foi de cortar o coração.

Mas deixemos o bom rei
Ao lado da linda filha,
Pois o meu relato agora
Seguirá por outra trilha,
Para mostrar o final
De uma perversa quadrilha.

Edgar buscou Albânia,
No Pobre Tom disfarçado.
Este seguia pra o campo
No seu cavalo montado,
Para expulsar os franceses,
Em defesa do ducado.

Edgar disse: — Senhor,
Escute um pobre mendigo.
Antes de lutar, eu peço
Preste atenção ao que digo:
Leia esta carta e verá
Quem é o seu inimigo.

Albânia pegou a carta
E leu com toda atenção.
E ficou desnorteado
Com essa revelação,
Mudando o rumo da história
Por causa da traição.

Sua esposa Goneril
Ouviu Regane falar
Que, terminada as guerras,
Ela iria desposar
O belo conde de Gloster,
Para ao seu lado reinar.

Duas serpentes não podem
Viver no mesmo covil
E Regane pagou caro
Por ter sido ao pai hostil,
Pois seu futuro já fora
Traçado por Goneril.

Mas as tropas enviadas
Pelas víboras chegaram
A Dover e, na batalha,
Os franceses derrotaram.
Cordélia e seu velho pai
Prisioneiros ficaram.

Edmundo comandou
O exército bretão,
Porém, depois de mandar
Pai e filha pra prisão,
Chegou o duque de Albânia
Com uma carta na mão.

Goneril, que já louvava
O grande herói do país,
Encarou o seu esposo,
Que não se mostrou feliz,
Pois o destino o fizera
Daquela corja o juiz.

Regane, que enviuvara,
Na hora se proclamou:
— Desposarei Edmundo. —
Mas Goneril contestou.
Albânia no mesmo instante
Em altas vozes bradou:

— Conde de Gloster, eu o prendo
Por traição capital! —
E apontando Goneril,
Disse: — Serpente do mal,
Essa missiva é a prova
De seu amor bestial.

E atirou com toda força
A sua luva no rosto
Do patife, que rugiu,
Tomado pelo desgosto,
Pois se aproximava o tempo
De ele ser também deposto.

Quando o arauto tocou
A trombeta, um cavaleiro
Chegava àquele local,
Usando um traje grosseiro.
Perguntado quem ele era,
Edgar disse ligeiro.

— O meu nome foi roído
Por dentes de um traidor.
Asseguro que sou nobre
E vou mostrar meu valor
Num combate singular
Contra aquele usurpador.

E disse para Edmundo:
— Saque logo a sua espada!
Julga-se herói, mas sabe,
De herói você não tem nada.
Da cabeça até os pés
Sua honra está manchada.

Edmundo, rancoroso,
Disse: — Vamos duelar.
No gume de minha espada
Os seus dias vão findar. —
E partiu feito um demente
Pra dar cabo de Edgar.

Das espadas dos irmãos
Só se escutava o tinido.
Edmundo combatia
Como um tigre enfurecido,
Porém, pelo adversário
Foi mortalmente ferido.

O malvado ainda disse:
— A morte já me consome.
E o remorso me corrói
Como um verme que tem fome,
Porém, antes que me vá,
Por favor, diga o seu nome.

Edgar disse: — Eu já fui
Chamado de seu irmão.
Para fazer a justiça
Agora os deuses me dão
Esta espada e a dor pungente
Que me corta o coração.

O moribundo então disse:
— A minha alma está perdida,
Porém socorra Cordélia,
Pois esta mão homicida
Condenou-a, mas espero
Que ainda a ache com vida.

Nisso entrava um cavalheiro
Com uma faca na mão,
Dizendo a Albânia: — Excelência,
É grande a desolação.
Sua esposa se matou,
Feriu-se no coração.

Regane também jazia,
Pela irmã envenenada.
Goneril, para não vê-la
Com Edmundo casada,
Matou-a e suicidou-se,
Pelo Tinhoso tentada.

Kent também lá se achava,
Com o espírito aos pedaços.
Junto a Albânia e Edgar,
Com medo de mais fracassos
Quando veem entrar Lear
Com Cordélia nos seus braços.

Kent exclamou: — Ó meu mestre! —
Mas Lear desesperado,
Não conseguiu conhecê-lo
E bradou: — Fui esmagado
Por todos que não puderam
Salvar meu anjo adorado.

Matei ainda o carrasco,
Mas não evitei a sina
Tão triste que reservaram
À minha pobre menina.
Agora não falta nada
Para a completa ruína!

Olhou depois para Kent,
O mais leal servidor,
E este disse: — Eu sempre estive
Do vosso lado, senhor. —
Então Lear conheceu
Do velho amigo o valor.

Olhando para Cordélia,
Pensou que movia os lábios.
E sorrindo despediu-se
Desse mundo de ressábios,
Onde os imprudentes sofrem
Por não ouvirem os sábios.

Também o pérfido Edmundo,
Que tanto mal praticara,
Já dera o último suspiro,
Consumido na coivara
Do ódio e da crueldade
Que tanta gente abraçara.

Seu pai também já findara,
Porém antes descobriu
Que o mendigo que o guiava
Foi seu filho que fugiu.
Tendo olhos foi um cego,
E, cego, a verdade viu.

Albânia disse: — Senhores,
Proclamo luto geral. —
Porém Kent, inconformado,
Perante as forças do mal
Que causaram tanto dano,
Sentiu o golpe fatal.

A dor cobriu a Bretanha
E também chegou à França.
A história virou lenda,
Que desta maneira alcança
Leitores de várias épocas
E pelos séculos avança.

Muitos autores contaram
Em prosa e verso esta história
Porém com William Shakespeare,
Que dela tinha memória,
A lenda voou mais alto,
Merecendo a eterna glória.

FIM

GLOSSÁRIO

Andrajos: vestes sujas e/ou rasgadas.

Aviltar: humilhar, submeter a vexame.

Borrasca: ventania impetuosa e repentina, geralmente acompanhada de chuva forte.

Cadafalso: palanque montado em local aberto para, sobre ele, realizar atos públicos.

Cãs: cabelos brancos.

Coivara: fogueira.

Consorte: cônjuge, companheiro.

Embusteiros: que ou o que se vale de mentiras, impostor.

Encilhar: colocar arreios.

Enfarruscada: manchada com carvão, fuligem; escurecida.

Folgazão: aquele que gosta de divertir-se; brincalhão.

Fustigar: bater com vara, açoitar.

Impenitente: que persiste.

Inditosa: infeliz, desafortunada.

Instar: pedir com insistência, insistir.

Missiva: carta ou bilhete que se envia a alguém.

Pantim: notícia alarmante, boato.

Pérfido: desleal, traidor.

Probo: de caráter íntegro; honrado, honesto.

Rapace: propenso a roubar.

Ressábio: gosto que se tem depois.

Sanha: rancor, fúria, ira.

Séquito: grupo de pessoas que acompanham outra.

Torpe: asqueroso, de caráter vil.

Urdir: planejar uma intriga.

Vilipendiado: tratado com desprezo.

SHAKESPEARE

William Shakespeare nasceu em 23 de abril de 1564. Seu pai, John Shakespeare, era luveiro e subprefeito de Stratford-upon-Avon, o que garantiu ao jovem William, o terceiro de uma família de oito filhos, uma infância tranquila. Teve uma educação formal acima da média de seu tempo, mas foi obrigado a interromper os estudos aos 12 anos, com o declínio financeiro do pai. Obrigado a trocar os estudos pelo trabalho pesado, exerceu o ofício de açougueiro. Aos 18 anos, casou-se com Anne Hathaway, de 26 anos, e com ela teve três filhos, Susanna, Judith e Hamnet, que morreu aos 11 anos de idade.

Depois de se estabelecer em Londres, teve várias ocupações, entre elas a de guardador de cavalos em um teatro. Por um tempo, atuou em papéis de pouco destaque, ao mesmo tempo em que era responsável pela entrada em cena de outros intérpretes. A lembrança dos tempos de escola, quando entrou em contato com obras clássicas do teatro greco-latino, somada à sua experiência como ator, levou-o a escrever seus próprios textos. À princípio, dedicou-se aos dramas históricos e às comédias, como *Os dois cavaleiros de Verona* e *A megera domada*, e só em 1595 concluiria a primeira tragédia, *Romeu e Julieta*. Retomou a comédia com *Sonho de uma noite de verão* (1596) e *Muito barulho por nada* (1598). Data de 1600 a sua obra mais célebre, *Hamlet*, mas o seu apogeu criativo se deu entre os anos de 1605 e 1606, quando escreveu as obras-primas *Otelo*, *Macbeth* e *Rei Lear*. Mais tarde, tornou-se sócio do teatro Globe, fundado em 1599, e depois dono do lugar. Sua última peça, *A tempestade*, foi concluída em 1611. Shakespeare morreu no dia de seu aniversário, 23 de abril de 1616, em Stratford-upon-Avon, sua cidade natal.

MARCO HAURÉLIO

Nasceu no sertão baiano, numa localidade rural chamada Ponta da Serra, município de Riacho de Santana, onde se acostumou a ouvir, à noite, os contos populares e os romances de cordel narrados pela avó Luzia. Por ocasião dos festejos tradicionais, quando a meninada se reunia, brincava livre pelos campos e improvisava versos, pavimentando a sua estrada de futuro poeta e pesquisador das tradições populares.

Cursou Letras pela Universidade do Estado da Bahia, em Caetité, e, depois, veio para São Paulo. Hoje, atua como editor e tem dezenas de livros publicados, a maior parte voltada para a literatura de cordel e a cultura popular brasileira. Algumas de suas obras: *Meus romances de cordel*, *Contos folclóricos brasileiros*, *Quem conta história de dia cria rabo de cutia*, *A saga de Beowulf*, *Contos e fábulas do Brasil*, *Peripécias da raposa no reino da bicharada* e *Lá detrás daquela serra*.

JÔ OLIVEIRA

Pernambucano da ilha de Itamaracá, foi aluno na Escola Nacional de Belas Artes no Rio de Janeiro e, durante seis anos, estudou na Escola Superior de Artes Industriais da Hungria, em Budapeste.

Seus primeiros trabalhos, livros e quadrinhos, foram impressos na Itália. Posteriormente, publicou também livros na França e Alemanha e suas histórias em quadrinhos ganharam edições na Espanha, Itália, Grécia, Dinamarca, Argentina e Brasil.

Jô Oliveira participou de várias exposicões de ilustração em algumas partes do mundo. Foi agraciado com o Prêmio Tucuxi de Ilustração, o Troféu Carlos Estevão de Humor e o Troféu de Grande Mestre dos Quadrinhos, que lhe foi entregue durante o Festival Internacional HQMIX, em São Paulo, no ano de 2004.

Apaixonado pela cultura popular brasileira, Jô Oliveira tem procurado sempre referências no cordel, na xilogravura das capas dos folhetos, nos bonecos do Vitalino, no mamulengo e em diversas manifestações folclóricas .

Recentemente, seu livro de imagens, *Os Donos da Bola,* recebeu o selo "Altamente Recomendável" pela FNLIJ (Fundação Nacional do Livro Infantil e Juvenil).

Este livro foi composto em Vendetta,
projetada por John Downer em 1999,
pela typefoundry Emigre no corpo 18/18pt
e impresso sobre papel Pólen Soft 80 g/m2
pela RR Donnelley, São Paulo, Brasil.